MURAKAMI

TAKITANI

HARUKI MURAKAMI

TONY TAKITANI

DUMONT

AUS DEM JAPANISCHEN
VON URSULA GRÄFE

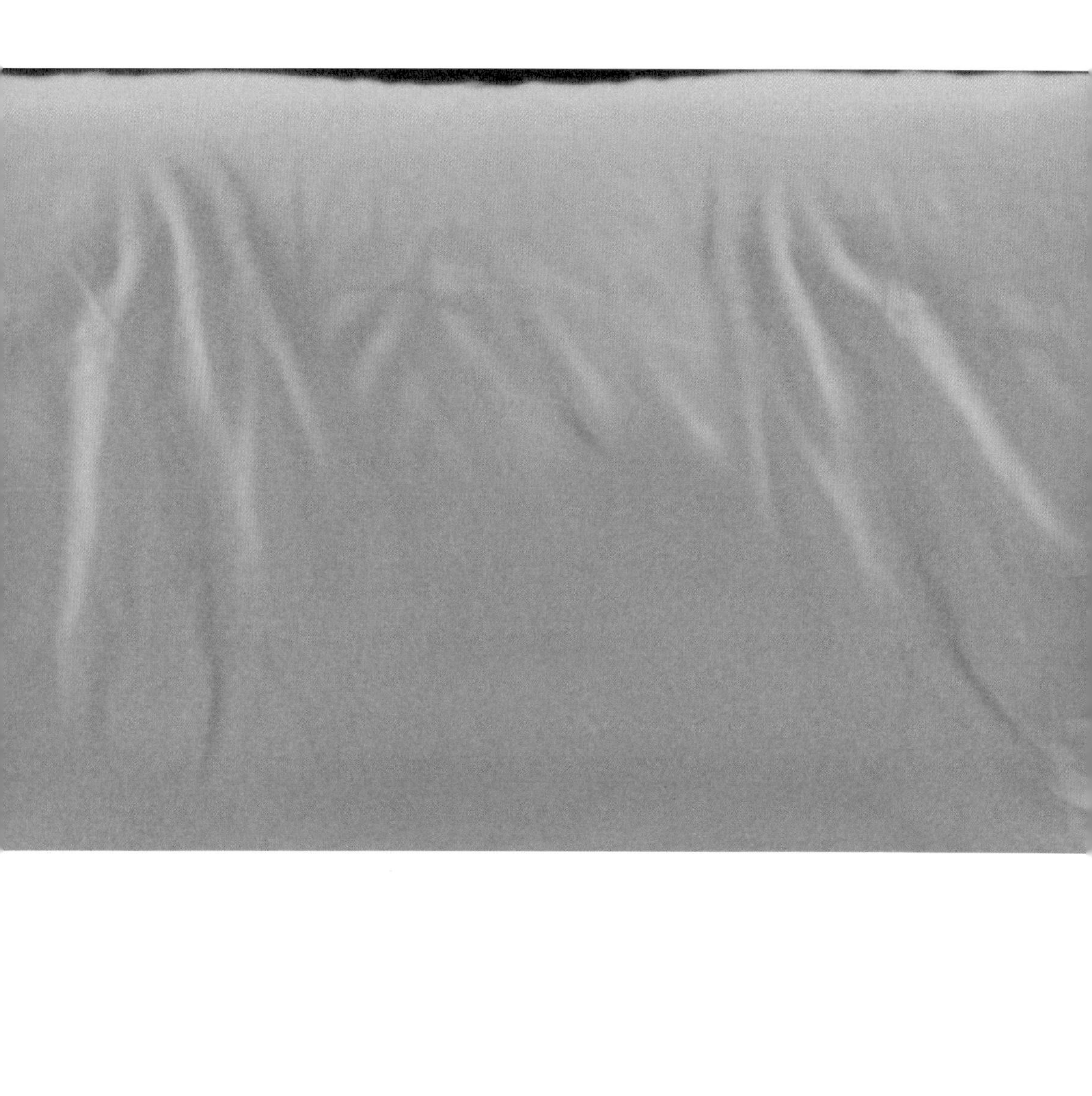

Tony Takitani war wirklich Tony Takitanis richtiger Name.

Deshalb und wegen seiner markanten Gesichtszüge und gewellten Haare war er oft für ein Mischlingskind gehalten worden. (Auf seiner Geburtsurkunde stand natürlich Tony Takitani.) Dazu kam, dass kurz nach dem Zweiten Weltkrieg verhältnismäßig viele Kinder geboren wurden, deren Väter amerikanische Soldaten waren. In Wirklichkeit jedoch waren Tony Takitanis Eltern ohne den Schatten eines Zweifels waschechte Japaner. Sein Vater, Shozaburo Takitani, war einst in Japan ein recht bekannter Jazz-Posaunist gewesen, hatte jedoch vier Jahre vor Ausbruch des Pazifikkrieges wegen einer Frauengeschichte Tokyo verlassen müssen. Wenn schon denn schon, hatte er sich damals gedacht, und war mit kaum mehr als seinem Instrument im Gepäck nach China übergesetzt. Damals war Schanghai eine Tagesreise mit dem Schiff von Nagasaki entfernt. Er hatte nichts zu verlieren, und da ihn weder in Tokyo noch anderswo in Japan etwas hielt, fiel ihm der Abschied nicht sonderlich schwer. Überdies lockte das Schanghai jener Tage mit einer faszinierenden Atmosphäre, die seinem Wesen eher angemessen erschien. Als sein Schiff die Mündung des Jangtse hinauffuhr und Shozaburo Takitani die eleganten

Boulevards der Stadt in der Morgendämmerung glitzern sah, war es augenblicklich um ihn geschehen. Hell und voller Verheißung strahlten ihm die Lichter Schanghais entgegen. Er war einundzwanzig Jahre alt.

Die Zeit zwischen dem Ausbruch des japanisch-chinesischen Krieges bis zum Überfall auf Pearl Harbour und dem Abwurf der Atombomben verbrachte Shozaburo Takitani als Posaunist in den Nachtclubs von Schanghai. Der Krieg spielte sich andernorts ab, an irgendwelchen fernen Schauplätzen, die nichts mit ihm zu tun hatten. Shozaburo Takitani war kein Mensch, der zu philosophischen Betrachtungen neigte oder ein ausgeprägtes Geschichtsbewusstsein besaß. Mehr als nach Herzenslust auf seiner Posaune spielen zu können, drei Mahlzeiten am Tag und ein paar Mädchen um sich herum brauchte er nicht zu seinem Glück.

Die meisten Menschen mochten ihn. Durch seine Jugend, sein gutes Aussehen und die Meisterschaft, mit der er sein Instrument spielte, stach er überall hervor wie ein Rabe im Schnee. Er schlief mit unzähligen Frauen –

mit Japanerinnen, Chinesinnen, Russinnen, Prostituierten, Ehefrauen, schönen und weniger schönen Frauen, mit jeder, die er bekommen konnte. Der süße Klang seiner Posaune und sein enormer, überaus reger Penis machten Shozaburo Takitani in Schanghai bald zu einer Berühmtheit.

Obendrein hatte er eine Begabung, sich »nützliche« Freunde zu machen, ohne es darauf anzulegen, und hatte zahlreiche Gönner unter den höheren Offizieren, den reichen Chinesen und allen möglichen einflussreichen Leuten, die mit zwielichtigen Methoden immense Profite aus dem Krieg schlugen. Viele von ihnen trugen Pistolen unter der Jacke und verließen ein Gebäude nie, ohne mit einem raschen Blick die Straße hinauf und hinunter die Umgebung zu sondieren. Seltsamerweise hatte Shozaburo Takitani stets einen guten Draht zu solchen Leuten, und wenn er Probleme hatte, lösten sie sie gern für ihn. Das Leben war leicht für Shozaburo Takitani in jenen Tagen.

Allerdings fordert die Gunst des Schicksals auch manchmal ihren Preis, und das Glück schlägt in sein Gegenteil um. Nach Kriegsende erregten seine guten Beziehungen zu fragwürdigen Persönlichkeiten die Aufmerksamkeit der chinesischen Militärs, und sie setzten ihn für lange Zeit hinter Gitter. Seine Leidensgenossen, die wegen ähnlicher Dinge eingesperrt waren, wurden einer nach dem anderen hingerichtet, ohne dass man ihnen einen Prozess machte. Irgendwann schleifte man sie ohne Vorwarnung in den Gefängnishof und schoss ihnen mit einem Automatikgewehr in den Kopf. Sooft eine Hinrichtung stattfand – immer nachmittags um zwei –, peitschte ein harter Knall durch den Hof.

Shozaburo Takitanis Leben war in höchster Gefahr. Obwohl buchstäblich nur um Haaresbreite vom Tod entfernt, hatte er keine besondere Angst vor dem Sterben. Man bekam eine Kugel durch den Kopf, und das war's. Im Nu wäre der Schmerz vorbei. ›Eigentlich habe ich bisher genau das Leben geführt, das ich wollte‹, dachte er. ›Ich habe mit unzähligen Frauen geschlafen, gut gegessen und jede Menge Glück gehabt. Jedenfalls habe ich nichts ausgelassen. Auch wenn ich jetzt dran glauben muss, habe ich keinen Grund, mich zu beschweren.‹ Immerhin hatten in diesem Krieg Hunderttausende von Japanern ihr Leben gelassen, viele davon auf weit entsetzlichere Art. Also saß er in seiner Zelle und pfiff, um sich die Zeit zu vertreiben. Tag um Tag sah er durch die Gitterstäbe des winzigen Fensters die Wolken vorüberziehen und ließ auf der fleckigen Wand die Gesichter und Körper der Frauen, mit denen er geschlafen hatte, Revue passieren. Am Ende war Shozaburo Takitani einer von zwei Japanern, die das Gefängnis lebend verließen und nach Japan zurückkehren durften.

Völlig abgemagert und ohne jede Habe kam er dort im Frühjahr 1946 an. Er erfuhr, dass sein Elternhaus während der schweren Luftangriffe auf Tokyo im März 1945 abgebrannt war und seine Eltern nicht überlebt hatten. Sein einziger Bruder war an der burmesischen Front verschollen. Mit einem Wort, Shozaburo Takitani stand nun völlig allein auf der Welt, was ihm jedoch weder einen großen Schock versetzte noch das Herz brach. Natürlich empfand er eine Art von Verlustgefühl, andererseits aber musste schließlich jeder Mensch von irgendeinem Punkt an seinen Weg alleine gehen. Er war inzwischen dreißig und damit aus dem Alter heraus, in dem man sich über das Alleinsein beklagen kann. Ein anderes Gefühl, als das, mit einem Mal um mehrere Jahre gealtert zu sein, kam nicht in ihm auf. Er hatte überlebt und musste sich nun Gedanken machen, wie er weiter überleben würde. Das war alles.

Da er keinen anderen Beruf hatte, sprach er ein paar alte Bekannte an und gründete eine kleine Jazzkapelle, mit der er in den Clubs der amerikanischen Militärs auftrat. Seine sympathische Art gewann ihm die Freundschaft eines amerikanischen Majors aus New Jersey, der Jazzliebhaber war. Der Major war italienischer Abstammung und spielte selbst ziemlich gut Klarinette. Da er in einer Versorgungseinheit arbeitete, konnte er nach Belieben Schallplatten aus Amerika beschaffen. In ihrer Freizeit besuchte ihn Shozaburo Takitani oft in seiner Kaserne, und sie machten zusammen Musik oder tranken Bier und lauschten dem heiteren Jazz von Bobby Hackett, Jack Teagarden und Benny Goodman, wobei Shozaburo Takitani mit Feuereifer die Noten mitschrieb.

Der Major versorgte ihn außerdem mit allen möglichen Genussmitteln, Milch und Alkohol, die in jenen Tagen selten und schwer zu bekommen waren. Keine schlechte Zeit, dachte Shozaburo Takitani.

1947 verheiratete er sich mit einer entfernten Cousine mütterlicherseits. Wie durch Zufall war ihm seine Braut eines Tages in der Stadt über den Weg gelaufen. Die beiden hatten miteinander Tee getrunken und über ihre Verwandten und alte Zeiten geplaudert. Nicht lange danach lebten sie zusammen – wahrscheinlich weil sie schwanger geworden war.

So hatte Tony Takitani die Geschichte zumindest von seinem Vater gehört. Ob Shozaburo Takitani seine junge Frau geliebt hatte, wusste Tony nicht. Sie habe ein ruhiges Wesen gehabt und sei hübsch, aber körperlich nicht sehr robust gewesen, erzählte ihm sein Vater.

In dem Jahr nach der Hochzeit wurde Tony Takitani geboren, und drei Tage später war seine Mutter tot. So rasch wie sie gestorben war, wurde sie auch eingeäschert. Ihr Tod war ein sehr stiller, unauffälliger Tod. Widerstandslos und ohne großes Leiden war sie verschwunden, als wäre sie einfach erloschen oder als wäre jemand hinter die Bühne getreten und hätte ganz sacht einen Schalter umgelegt.

Shozaburo Takitani wusste nicht, was er empfinden sollte. Mit dieser Art von Gefühlen kannte er sich nicht aus. Ihm war, als hielte etwas Dumpfes, Schales seine Brust umklammert, doch was es war und warum es dort war, blieb ihm unverständlich. Es war einfach ständig präsent und hinderte ihn daran, tiefer nachzudenken. Daher dachte Shozaburo Takitani eine Woche lang an überhaupt nichts. Er vergaß sogar das Baby, das er im Krankenhaus gelassen hatte.

Der Major nahm sich seiner an und tröstete ihn, indem er sich beinahe jeden Tag mit ihm in der Bar der Kaserne betrank. »Du musst dich jetzt zusammenreißen«, ermahnte er Shozaburo Takitani. »Und den Kleinen anständig großziehen. Das ist jetzt alles, was zählt.« Wortlos nickte Shozaburo Takitani, obwohl er keine Ahnung hatte, wovon der Major redete. Immerhin begriff er, dass sein Freund es gut mit ihm meinte. Der kam plötzlich auf eine Idee. »He, wenn du willst, werde ich Pate von deinem Jungen.«

Erst jetzt fiel Shozaburo Takitani ein, dass er seinem Kind noch keinen Namen gegeben hatte. Der Major hieß Tony, also sollte das Kind auch Tony heißen. Nun ist Tony, wie man es auch dreht und wendet, kein besonders passender Name für ein japanisches Kind, aber diese

Frage war dem Major keine Sekunde lang in den Sinn gekommen. Als Shozaburo Takitani nach Hause kam, schrieb er den Namen »Tony Takitani« auf ein Blatt Papier, heftete es an die Wand und starrte ein paar Tage lang immer wieder darauf. Tony Takitani – nicht übel, dachte er schließlich. Die amerikanische Besatzungszeit würde bestimmt noch eine Weile andauern, also konnte ein amerikanischer Vorname sich womöglich sogar günstig für seinen Sohn auswirken.

Stattdessen wurde der Junge in der Schule als Mischling gehänselt, und die Leute machten ein komisches oder sogar ein etwas angeekeltes Gesicht, wenn er seinen Namen nannte. Viele hielten ihn für einen schlechten Scherz, und einige wurden regelrecht zornig.

Dies war einer der Gründe, weshalb Tony Takitani zu einem verschlossenen Jungen heranwuchs. Es gelang ihm nicht, Freundschaften zu schließen, was ihm jedoch nicht sonderlich viel ausmachte. Allein zu sein war ein natürlicher Zustand für ihn, es war sogar eine Grundbedingung seines Lebens. Seit er denken konnte, war sein Vater mit seiner Band unterwegs. Als er klein gewesen war, hatte sich eine Haushälterin um ihn gekümmert.

Ab der fünften oder sechsten Klasse konnte er sich selbst versorgen. Er kochte allein, schloss das Haus ab und ging allein zu Bett, ohne sich je besonders einsam zu fühlen. Es kam ihm sogar entgegen, alles so zu machen, wie er es wollte, statt ständig jemanden um sich zu haben.

Nach dem Tod seiner Frau heiratete Shozaburo Takitani nicht wieder. Natürlich hatte er nach wie vor jede Menge Freundinnen, brachte aber nie eine von ihnen mit nach Hause. Wie sein Sohn war er es gewöhnt, sich um sich selbst zu kümmern. In ihrer Lebensweise waren Vater und Sohn einander weniger fremd, als man vielleicht geneigt wäre anzunehmen. Da jedoch beide gleichermaßen mit der Einsamkeit vertraut waren, ging keiner auf den anderen zu oder verspürte das Bedürfnis, ihm sein Herz zu öffnen. Shozaburo Takitani eignete sich nicht zum Vater, und auch Tony Takitani besaß wenig Eignung zum Sohn.

Tony Takitani zeichnete so gern, dass er jeden Tag allein in seinem Zimmer saß und sich mit nichts anderem beschäftigte. Am liebsten zeichnete er Maschinen und er war ein Meister darin, mit nadelspitzem Bleistift detaillierte Zeichnungen von Fahrrädern, Radios, Motoren und ähnlichem anzufertigen. Auch wenn er Blumen zeichnete, arbeitete er jede einzelne Ader der Blätter fein heraus. Auf andere Art zu zeichnen lag ihm nicht. Seine Leistungen in den übrigen Fächern waren nicht gerade überragend, aber in Kunst war er immer der Beste und gewann bei Schulwettbewerben meistens den ersten Preis.

So war es auch selbstverständlich für ihn, dass er nach der Oberschule auf eine Kunstakademie ging, um Illustrator zu werden. (Seit Tony Takitani Student war, lebten Vater und Sohn getrennt, ohne sich abgesprochen zu haben.) Faktisch hatte für Tony Takitani keine Notwendigkeit bestanden, andere Möglichkeiten in Betracht zu ziehen. Während die anderen jungen Leute sich über ihre Zukunft das Hirn zermarterten, saß er weiter schweigsam über seinen präzisen Zeichnungen, ohne an etwas anderes zu denken. Da es aber die Zeit war, in der die meisten jungen Leute leidenschaftlich und gewalttätig gegen jegliche Autorität rebellierten, gab es in seiner Umgebung niemanden, der seine äußerst realistischen Bilder gewürdigt hätte. Sogar die Lehrer an der Kunsthochschule belächelten seine Zeichnungen, und seine Kommilitonen kritisierten ihren Mangel an ideologischer Aussage. Tony Takitani seinerseits verstand absolut nicht, worin der Wert ihrer »ideologisch aussagekräftigen« Werke bestehen sollte. In seinen Augen waren sie bloß unreif, hässlich und ungenau.

Nachdem er die Kunstakademie abgeschlossen hatte, verkehrte sich seine Situation jedoch ins Gegenteil. Gerade wegen seiner extrem präzisen Zeichentechnik und der praktischen Verwendbarkeit seiner Werke hatte Tony Takitani von Anfang an keinerlei Schwierigkeiten, Arbeit zu finden. Es gab kaum jemanden, der komplizierte Maschinen und Architektur so detailgetreu nachzeichnen konnte wie er. »Sie sehen echter aus als in Wirklichkeit«, sagten die Leute. Seine Zeichnungen waren plastischer als Fotografien und leichter zu verstehen als jede Erläuterung. Im Nu wurde er zu einem hochbegehrten Illustrator. Von Titelblättern für Automagazine bis hin zu Werbeillustrationen nahm er alle Aufträge an. Die Arbeit machte ihm Spaß, und er verdiente gutes Geld.

Währenddessen widmete Shozaburo Takitani sich ganz seiner Posaune. Modern Jazz kam auf, dann Free Jazz, dann Elektronik-Jazz. All die Zeit über blieb Shozaburo Takitani unverändert seinem Stil treu. Er galt nicht als hochkarätiger Musiker, aber sein Name verkaufte sich, und es fehlte ihm nie an Engagements. Er aß gut, und über einen Mangel an weiblichen Bekanntschaften konnte er sich auch nicht beklagen. Unter dem Gesichtspunkt der Zufriedenheit betrachtet, führte er ein durchaus gelungenes Leben.

Tony Takitani arbeitete sogar in seiner Freizeit, und da er keine anderen Hobbys besaß, die ihn Geld gekostet hätten, hatte er mit fünfunddreißig Jahren ein kleines Vermögen angehäuft, von dem er sich ein geräumiges Haus im Tokyoter Stadtteil Setagaya kaufte. Außerdem gehörten ihm einige Apartments, die er vermietete. Um all das kümmerte sich sein Steuerberater.

Bis dahin hatte Tony Takitani mehrere Beziehungen zu Frauen gehabt. Als er jünger war, hatte er mit einigen von ihnen sogar eine Weile zusammengelebt. Den Drang zu heiraten hatte er allerdings nie verspürt und auch kaum darüber nachgedacht. Kochen, waschen und Ordnung machen konnte er selbst, und wenn er mit seiner Arbeit zu beschäftigt war, stellte er einfach eine Haushälterin ein. Kinder wünschte er sich auch nicht. Er hatte nach wie vor keine engen Freunde, die ihn um Rat fragten oder ihm ihr Herz ausschütteten. Nicht einmal Trinkkumpane hatte er. Nicht dass er deshalb verschroben gewesen wäre. Wenn er auch nicht den Charme seines Vaters besaß, war er doch in der Lage, einen ganz normalen, alltäglichen Umgang mit anderen zu pflegen. Er war weder eingebildet noch großspurig. Nie suchte er die Schuld für etwas bei anderen oder redete schlecht über jemanden. Statt über sich selbst zu sprechen, hörte er lieber zu, und deswegen mochten ihn die meisten Menschen in seiner Umgebung. Freilich unterhielt er zu niemandem eine engere Beziehung, die über die konkrete, alltägliche Ebene hinausging. Seinen Vater sah er höchstens zwei, drei Mal im Jahr, wenn es etwas Geschäftliches zwischen ihnen zu regeln gab. Doch kaum war alles erledigt, hatten die beiden einander nicht mehr viel zu sagen.

Ruhig und ereignislos floss Tony Takitanis Leben dahin. ›Wahrscheinlich werde ich nie heiraten‹, dachte er. Doch eines Tages, ganz plötzlich, verliebte er sich. Das Mädchen jobbte in einem Verlag, für den er arbeitete, und kam in sein Büro, um Illustrationen abzuholen. Sie war zweiundzwanzig. Die ganze Zeit, in der sie in seinem Büro war, umspielte ein Lächeln ihre Lippen. Sie hatte ein sympathisches, hübsches Gesicht, war aber nicht direkt eine Schönheit. Dennoch hatte sie etwas an sich, das Tony Takitanis Herz einen heftigen Stoß versetzte. Im selben Moment, als er sie sah, verkrampfte sich seine Brust, sodass es ihm den Atem nahm. Was es war, dass sein Herz in solchen Aufruhr versetzte, wusste er nicht. Und selbst wenn er es gewusst hätte, hätte er es mit Worten nicht erklären können.

Als nächstes erregte ihre Art, sich zu kleiden, seine Aufmerksamkeit. Eigentlich hatte er sich für Kleidung nie besonders interessiert. Er war kein Mann, der bei einer Frau auf ihre Aufmachung achtete, aber dieses Mädchen trug seine Garderobe mit so offenkundigem Wohlbehagen, dass er tief beeindruckt war. Man konnte sogar sagen, ihr Anblick rührte ihn. Viele Frauen kleideten sich elegant und noch mehr putzten sich heraus, um Blicke auf sich zu ziehen, aber bei ihr war es etwas ganz anderes. Sie trug ihre Kleidung so natürlich und voller Anmut wie ein Vogel, der sich bereitmacht, in eine ferne Welt zu fliegen und in einen besonderen Wind eintaucht. Es wirkte, als streife sie ihre Kleidung über wie ein neues Lebensgefühl. Nachdem sie das Manuskript entgegengenommen, sich bedankt hatte und wieder gegangen war, blieb Tony Takitani wie erstarrt und unfähig, weiter zu arbeiten, an seinem Schreibtisch sitzen, bis der Abend kam und es dunkel im Zimmer wurde.

Am nächsten Tag rief er in dem Verlag an, um die junge Frau unter einem Vorwand noch einmal in sein Büro zu bestellen. Als alles erledigt war, lud er sie zum Mittagessen ein, und sie unterhielten sich. Ungeachtet des Altersunterschieds von fünfzehn Jahren hatten sie einander erstaunlich viel zu sagen. In allen Themen, die sie berührten, waren sie einer Meinung. Er erlebte so etwas zum ersten Mal, und ihr ging es nicht anders. Obwohl sie anfangs nervös und aufgeregt war, entspannte sie sich mit der Zeit, lachte oft und wurde immer gesprächiger. »Sie kleiden sich wunderbar«, sagte Tony Takitani ihr zum Abschied. »Ich mag Kleidung«, sagte sie mit einem verlegenen Lächeln. »Und ich gebe fast mein ganzes Geld dafür aus.«

Danach verabredeten sich die beiden noch öfter. Statt etwas Besonderes zu unternehmen, saßen sie lieber irgendwo beisammen und unterhielten sich. Sie erzählten einander von ihrer Vergangenheit und vertrauten sich ihre Gedanken und Gefühle zu diesem oder jenem an. Unablässig redeten sie, ohne dass ihnen je der Gesprächsstoff ausging. Sie redeten und redeten, als fülle einer für den anderen eine innere Leere auf. Bei ihrer fünften Verabredung machte Tony Takitani ihr einen Heiratsantrag. Allerdings hatte sie seit der Oberschule einen festen Freund, mit dem sie aber in letzter Zeit nicht mehr sehr gut auskam; sooft sie sich trafen, gerieten sie wegen geringster Lappalien in Streit. In Tony Takitanis Gesellschaft fühlte sie sich viel wohler. Dennoch konnte sie, aus welchen Gründen auch immer, die Beziehung zu ihrem Freund nicht einfach abbrechen. Überdies war da noch der fünfzehnjährige Altersunterschied zwischen ihr und Tony Takitani. Sie war noch jung, es fehlte ihr an Lebenserfahrung, und sie musste sich überlegen, welche

Auswirkungen diese Kluft vielleicht später haben würde. Kurz, sie bat um etwas Bedenkzeit.

Während sie überlegte, betrank sich Tony Takitani jeden Tag. Er war nicht einmal imstande zu arbeiten. Seine Einsamkeit wurde ihm plötzlich zu einer drückenden, quälenden Last und zu einem Gefängnis. Wieso hatte er davon bisher nichts gemerkt? Voller Verzweiflung starrte er auf die dicken, kalten Mauern, die ihn umgaben. ›Vielleicht sterbe ich, wenn sie mich nicht heiraten will‹, dachte er.

Er ging zu ihr und erzählte ihr alles. Wie einsam sein Leben bisher gewesen sei, wie viel er verpasst habe. Und dass ihm dies erst durch sie bewusst geworden sei.

Sie war ein kluges Mädchen. Und sie hatte Tony Takitani liebgewonnen. Er war ihr von Anfang an sympathisch gewesen, und jedes Mal, wenn sie sich getroffen hatten, war er ihr ein bisschen mehr ans Herz gewachsen. Ob man das Liebe nennen konnte, wusste sie nicht. Aber sie spürte, dass in ihm etwas Wunderbares schlummerte. Außerdem glaubte sie, dass er sie glücklich machen würde. Und so heirateten die beiden.

Tony Takitanis einsames Dasein hatte ein Ende gefunden. Morgens, wenn er aufwachte, tastete er als erstes nach ihr, um mit Erleichterung festzustellen, dass sie neben ihm lag. Fand er sie nicht neben sich, wurde er unruhig und suchte das ganze Haus nach ihr ab. Es war ein ungewohnter Zustand für ihn, nicht einsam zu sein. Die Furcht davor, was er tun würde, sollte er eines Tages wieder einsam sein, verfolgte ihn wie ein Schatten. Wenn er darüber nachdachte, brach ihm vor lauter Angst der kalte Schweiß aus. Etwa drei Monate nach der Hochzeit verließen ihn diese Ängste. Sobald er sich an sein neues Leben gewöhnt hatte und die Wahrscheinlichkeit, dass seine Frau unvermittelt verschwinden würde, geringer geworden war, ließ auch seine Furcht allmählich nach. Er entspannte sich und schwamm in einem friedlichen Meer von Glück.

Einmal besuchten die beiden einen Auftritt von Shozaburo Takitani. Sie hatte sich dafür interessiert, welche Art von Musik ihr Schwiegervater machte. »Meinst du, es würde deinem Vater etwas ausmachen, wenn wir mal hingingen?«, hatte sie gefragt. »Ich glaube kaum«, hatte er erwidert. Also fuhren sie in den Club in Ginza, wo Shozaburo Takitani auftrat. Es war das erste Mal seit seiner Kindheit, dass Tony Takitani seinen Vater spielen hörte. Er spielte genau die gleiche Musik wie früher, die gleichen Melodien, die Tony als Kind auf Platte gehört hatte. Das Spiel seines Vaters klang geschmeidig, elegant und süß. Es war keine große Kunst, aber doch die Darbietung eines hervorragenden Musikers, der die Fähigkeit besaß, sein Publikum in eine heitere Stimmung zu versetzen. Ausnahmsweise genehmigte sich Tony Takitani ein paar Drinks, während er der Musik lauschte.

Nach einer Weile begann irgendetwas an der Musik ihm die Luft abzudrücken. Er fühlte sich wie eine dünne Röhre, die sich langsam, aber sicher mit Unrat füllt, und es wurde ihm sehr unwohl. Ihm war, als unterschiede sich diese Musik von derjenigen, die sein Vater in seiner Erinnerung gespielt hatte. Natürlich lag das alles sehr lange zurück, und damals hatte er sie mit den Ohren eines Kindes gehört. Nichtsdestoweniger empfand er diesen Unterschied als schwerwiegend. Er war minimal, aber bedeutsam. Am liebsten wäre er auf die Bühne gestürzt, hätte seinen Vater am Arm gepackt und ihn gefragt: »Was ist so anders daran, Vater?« Selbstverständlich tat er nichts dergleichen, sondern trank wortlos seinen Whiskey Soda und folgte dem Auftritt seines Vater bis zum Ende. Seine Frau und er applaudierten und fuhren nach Hause.

Kein Schatten trübte das eheliche Glück der beiden. Nie stritten sie sich. Auch in seinem Beruf lief alles unverändert glatt. Sie gingen oft spazieren, schauten sich Filme an und unternahmen Reisen. Für ihr Alter war sie eine bemerkenswert gute Hausfrau, die es verstand in allem das richtige Maß zu halten. Voller Energie erledigte sie alle Hausarbeiten, ohne ihrem Mann unnötige Sorgen zu bereiten. Es gab nur eine einzige Sache, die Tony Takitani ein wenig belastete. Er fand, dass seine Frau zu viele Kleider kaufte. Sobald ihr ein Kleidungsstück unter die Augen kam, konnte sie einfach nicht widerstehen. Dann veränderte sich ihr Gesicht und sogar ihre Stimme, sodass er beim ersten Mal sogar geglaubt hatte, ihr sei plötzlich schlecht geworden. Diese Neigung war ihm schon vor der Hochzeit aufgefallen, aber ihr wahres Ausmaß war ihm erst auf ihrer Hochzeitsreise nach Europa klar geworden, wo sie eine schier unfassliche Menge an Kleidern gekauft hatte. In Mailand und in Paris klapperten sie von morgens bis abends eine Boutique nach der anderen ab. Sie besichtigten keinerlei Sehenswürdigkeiten, weder den Dom noch den Louvre. Stattdessen wimmelte es in seiner Erinnerung von Boutiquen: Valentino, Missoni, Saint Laurent, Givenchy, Ferragamo, Armani, Cerutti, Gianfranco Ferré ... Wie besessen kaufte sie alles, was sie sah. Er folgte ihr dabei und bezahlte die Rechnungen, bis er schon fürchtete, seine Kreditkarte würde solche Summen nicht verkraften.

Auch als sie wieder in Japan waren, hielt dieses Fieber an. Jeden Tag erstand sie etwas Neues, sodass die Zahl der Kleidungsstücke, die sie besaß, sich rasend vermehrte und zusätzlich mehrere große Kleiderschränke und spezielle Regale für ihre Schuhe angefertigt werden mussten. Als auch diese nicht mehr ausreichten, ließ Tony Takitani ein Zimmer zu einem riesigen begehbaren Schrank umbauen. Kein Problem, das Haus war groß und hatte genügend Räume. Auch an Geld mangelte es ihnen nicht. Da sich seine Frau sehr geschmackvoll kleidete und so viel Freude an neuen Sachen hatte, wollte er sich nicht beklagen und tröstete sich damit, dass eben niemand auf der Welt vollkommen sei.

Doch als das Zimmer die Unmengen von Garderobe nicht mehr fassen konnte, wurde seine Verunsicherung stärker. Als seine Frau einmal nicht zu Hause war, zählte er ihre Kleider. Seiner Berechnung nach besaß sie genug für annähernd zwei Jahre, auch wenn sie sich täglich zweimal umziehen würde. Das war eindeutig zu viel. Irgendwo musste man eine Grenze ziehen.

Also fasste er sich eines Tages nach dem Abendessen ein Herz und fragte sie, ob sie vielleicht etwas weniger kaufen könne. »Es ist nicht wegen des Geldes. Natürlich sollst du dir kaufen, was du brauchst, und es gefällt mir auch, wenn du chic aussiehst, aber brauchst du wirklich solche Berge von teuren Sachen?«

Seine Frau senkte den Blick und überlegte einen Moment. »Du hast Recht«, sagte sie dann. »So viel brauche ich nicht. Das weiß ich selbst genau. Aber irgendwie kann ich nicht anders. Wenn ich ein schönes Kleid sehe, muss ich es einfach kaufen. Ob ich es brauche oder nicht oder viel oder wenig habe, spielt dabei keine Rolle. Ich kann mich einfach nicht beherrschen. Es ist wie eine Sucht.«

Dennoch versprach sie, von nun an zu versuchen, sich zu bremsen. »Wenn ich so weitermache, ist bald das ganze Haus voller Klamotten.« Um sich vom Anblick neuer Kleider fernzuhalten, rührte sie sich eine Woche lang nicht aus dem Haus, obwohl sie während dieser ganzen Zeit eine große innere Leere verspürte. Sie hatte das Gefühl, sie bewege sich auf einem Planeten mit sauerstoffarmer Atmosphäre. Viele Stunden täglich verbrachte sie in ihrem Garderobenzimmer, nahm jedes Stück in die Hand und betrachtete es. Sie streichelte die Stoffe, atmete ihren Duft ein, schlüpfte in dieses oder jenes Kleid und stellte sich vor den Spiegel. Aber es half alles nichts. Je mehr sie schaute, desto größer wurde ihr Wunsch nach etwas Neuem. So groß, dass sie es kaum noch ertragen konnte.

Sie konnte es einfach nicht mehr ertragen.

Andererseits liebte und achtete sie ihren Mann sehr. Und sie fand, dass er Recht hatte. Solche Unmengen von Kleidern brauchte sie nicht. Schließlich hatte sie nur einen Körper. So rief sie bei einer ihrer Stammboutiquen an und fragte die Geschäftsführerin, ob sie ein Kleid und einen Mantel zurückgeben könne, die sie erst vor zehn

Tagen gekauft und noch nicht getragen hatte. »Natürlich, ganz wie Sie wünschen«, antwortete man ihr. Immerhin war sie eine der besten Kundinnen. Sie packte den Mantel und das Kleid ins Auto und fuhr nach Aoyama, gab die Sachen zurück und bekam den Betrag auf ihrem Kreditkartenkonto gutgeschrieben. Nachdem sie sich bedankt und das Geschäft verlassen hatte, ging sie schnurstracks und bemüht, sich nicht umzusehen, zu ihrem Wagen, um direkt nach Hause zu fahren. Jetzt, da sie die Sachen zurückgegeben hatte, fühlte sie sich leicht. »Genau«, sagte sie zu sich selbst. »Die habe ich überhaupt nicht gebraucht. Als hätte ich nicht schon genug Kleider und Mäntel bis an mein Lebensende.« Doch während sie bei Rot an einer Kreuzung wartete, musste sie unentwegt an den Mantel und das Kleid denken. Sie konnte sich noch genau daran erinnern, welche Farben und welchen Schnitt sie gehabt und wie sie sich angefühlt hatten. Sie sah sie bis in alle Einzelheiten lebhaft vor sich. Schweiß trat ihr auf die Stirn. Sie legte die Arme auf das Lenkrad, holte tief Luft und schloss die Augen. Als sie sie wieder öffnete, hatte die Ampel auf Grün geschaltet. Spontan trat sie aufs Gas.

In diesem Moment raste ein Lastwagen, der noch bei Gelb über die Kreuzung fahren wollte, mit voller Geschwindigkeit in ihren blauen Renault Cinque. Ihr blieb nicht einmal Zeit, etwas zu spüren.

Alles was Tony Takitani nun geblieben war, war ein Zimmer voll von Kleidungsstücken in Größe 34 und ungefähr zweihundert Paar Schuhen. Was sollte er damit anfangen? Da er die Sachen seiner Frau nicht bis in alle Ewigkeit aufbewahren wollte, ließ er einen Händler kommen und verkaufte ihm die Accessoires für den Preis, den dieser ihm nannte. Strümpfe und Unterwäsche verbrannte er im Garten. Die Menge an Schuhen und Oberbekleidung war so unüberschaubar, dass er sie zunächst einfach ließ, wo sie waren. Nach der Bestattung seiner Frau verkroch er sich in dem Garderobenzimmer und starrte von morgens bis abends auf die dicht nebeneinander hängenden Sachen.

Zehn Tage später gab Tony Takitani eine Zeitungsannonce auf. Er suchte eine 1,61 Meter große Assistentin mit Kleidergröße 34 und Schuhgröße 35, bei guter Bezahlung und günstigen Arbeitsbedingungen. Da das angebotene Gehalt ungewöhnlich hoch war, stellten sich dreizehn Frauen in seinem Büro in Minami-Aoyama vor. Fünf von ihnen hatten offensichtlich ihre Größe falsch angegeben. Unter den übrigen acht wählte er diejenige aus, deren Statur der seiner Frau am nächsten kam. Sie war Mitte zwanzig und hatte ein wenig markantes Gesicht. Sie trug eine schmucklose weiße Bluse und einen dunkelblauen engen Rock. Kleidung und Schuhe waren sauber, aber sichtlich abgetragen.

»Die Arbeit an sich ist nicht schwer«, erklärte ihr Tony Takitani. »Sie kommen jeden Tag von neun bis fünf in mein Büro, kümmern sich um das Telefon, verschicken Manuskripte, holen Material ab, kopieren und solche Sachen. Es gibt nur eine Bedingung. Meine Frau ist vor kurzem gestorben und hat Berge von Kleidung in unserem Haus hinterlassen. Das meiste davon ist neu oder so gut wie neu. Ich möchte, dass Sie bei der Arbeit immer etwas davon tragen. Deshalb die Sache mit der Kleider- und Schuhgröße. Das klingt sicher seltsam für Sie und kommt Ihnen vielleicht sogar anrüchig vor, das würde ich gut verstehen. Aber ich hege wirklich keinerlei fragwürdigen Absichten. Ich brauche nur etwas Zeit, um mich daran zu gewöhnen, dass meine Frau gestorben ist. Letztlich muss ich mich allmählich an die veränderte Lage anpassen, wie an einen anderen Luftdruck. Aber dafür brauche ich Zeit, und ich möchte, dass Sie solange die Kleider meiner Frau tragen. Irgendwann werde ich bestimmt begriffen haben, dass meine Frau tot ist.«

Die Bewerberin biss sich auf die Lippen, während sie hastig über diese seltsamen Bedingungen nachdachte. Wirklich eine merkwürdige Geschichte. So richtig folgen konnte sie Tony Takitanis Ausführungen nicht. Dass seine Frau vor kurzem gestorben war, hatte sie verstanden. Und auch, dass sie eine Menge Kleider hinterlassen hatte. Unverständlich blieb ihr jedoch, warum sie in diesen Kleidern zur Arbeit kommen sollte. Normalerweise hätte sie vermutet, das noch etwas anderes dahinter steckte, aber der Mann wirkte nicht wie ein Strolch. Das merkte sie schon an seiner Art zu sprechen. Vielleicht hatte er durch den Tod seiner Frau einen Knacks bekommen, andererseits war er nicht der Typ, der wegen so etwas anderen Schaden zufügen würde. Außerdem brauchte sie wirklich dringend Arbeit. Sie suchte schon seit Monaten. Ab nächsten Monat würden sie ihr die Unterstützung streichen. Einen Job zu finden war schwierig, und ein so gut bezahltes Angebot würde sie sicher so bald nicht wieder bekommen.

»Einverstanden«, sagte sie. »Vielleicht habe ich nicht

alle Einzelheiten begriffen, aber ich glaube, ich kann tun, was sie mir erklärt haben. Vorher würde ich aber gern noch einen Blick auf die Kleider werfen. Wir sollten uns vergewissern, ob sie mir auch wirklich passen.«

»Selbstverständlich«, sagte Tony Takitani. Er nahm die Frau mit in sein Haus und zeigte ihr den Raum voller Kleider. Außer in einem Kaufhaus hatte sie noch nie so viele Kleidungsstücke auf einem Haufen gesehen. Jedes einzelne davon war teuer, elegant und von erlesenem Geschmack. Der Anblick blendete sie fast, sie musste nach Luft schnappen. Ihr Herz begann heftig zu klopfen, und so etwas wie sexuelle Erregung überkam sie.

Als Tony Takitani sie allein gelassen hatte, riss sie sich zusammen und probierte einige Kleider und Schuhe an. Sie saßen wie angegossen. Ein Stück nach dem anderen nahm sie in die Hand und betrachtete es, strich mit den Fingerspitzen darüber und atmete seinen Duft ein. Hunderte von schönen Kleidern hingen da dicht gedrängt nebeneinander. Auf einmal kamen ihr die Tränen und begannen ihr unaufhaltsam über das Gesicht zu strömen. Sie konnte einfach nicht aufhören zu weinen. In einem Kleid der Toten stand sie da und versuchte, ihr lautes

Schluchzen zu unterdrücken. Tony Takitani, der kurze Zeit später ins Zimmer kam, um nach ihr zu sehen, fragte sie, warum sie weine.

»Ich weiß nicht«, antwortete sie kopfschüttelnd. »Vielleicht bin ich einfach durcheinander, weil ich noch nie so viele elegante Kleider auf einmal gesehen habe. Entschuldigen Sie.« Sie wischte sich mit einem Taschentuch die Tränen ab.

»Wenn es geht, möchte ich, dass Sie ab morgen in mein Büro kommen«, sagte Tony Takitani in dienstlichem Ton. »Suchen Sie sich vorläufig Kleider und Schuhe für eine Woche aus und nehmen Sie sie mit nach Hause.«

Sie brauchte lange, um eine Garderobe für sechs Tage auszuwählen. Anschließend suchte sie sich noch die passenden Schuhe heraus und packte dann alles in einen Koffer.

»Nehmen Sie auch einen Mantel, falls es kalt wird«, sagte Tony Takitani.

Sie entschied sich für einen warmen, grauen Kaschmirmantel. Er war federleicht. Noch nie in ihrem Leben hatte sie einen so leichten Mantel in der Hand gehalten.

Nachdem sie gegangen war, betrat Tony Takitani das Garderobenzimmer, schloss die Tür und starrte eine Weile auf die Kleider. Er verstand nicht, warum die Frau beim Anblick der Sachen geweint hatte. Sie erschienen ihm wie Schatten, die seine Frau zurückgelassen hatte, Schatten in Größe 34, die reihenweise dicht aneinander auf Bügeln hingen. Es sah aus, als hätte man soundso viele Muster der grenzenlosen Möglichkeiten, die das menschliche Dasein (zumindest theoretisch) birgt, gesammelt und dort aufgehängt.

Einst hatten sie den Körper seiner Frau umhüllt und waren von ihr mit warmem Atem und Bewegung erfüllt worden. Nun waren sie nicht mehr als ein schäbiges Bündel welker Schatten, die ihre lebendigen Wurzeln verloren hatten, bloß noch alte Kleider ohne Sinn. Je länger er sie betrachtete, desto schwerer fiel ihm das Atmen. Ihre Farben tanzten durch die Luft wie Blumenpollen und drangen in seine Augen und Ohren. Ihre Rüschen, Knöpfe, Epauletten, Ziertaschen, Spitzen und Gürtel sogen gierig die Luft im Zimmer ein, sodass sie immer dünner wurde. Der Geruch der überall verteilten Mottenkugeln schien einen körperlosen Ton wie von zahllosen winzigen Insektenflügeln zu erzeugen. Mit einem Mal wurde ihm bewusst, dass er diese Kleider nun hasste. Er lehnte sich an die Wand, verschränkte die Arme und schloss die Augen. Einsamkeit durchdrang ihn wie eine lauwarme Ausdünstung der Finsternis. Alles ist vorbei, dachte er. Egal, was ich tue, es ist vorbei.

Er rief die Frau an und bat sie, die Stelle zu vergessen. Es tue ihm leid, aber er brauche sie nicht mehr.

»Aber wie kann das denn sein?«, fragte sie erstaunt.

»Es tut mir leid, aber die Lage hat sich geändert«, antwortete Tony Takitani. »Die Kleider und die Schuhe, die Sie mitgenommen haben, können Sie behalten, den Koffer auch. Vergessen Sie das Ganze einfach, und es wäre schön, wenn Sie mit niemandem darüber reden würden.«

Die Frau begriff überhaupt nichts, aber je mehr sie ihn mit Fragen bedrängte, desto sinnloser wurde es. »Ich verstehe«, sagte sie schließlich und legte auf.

Danach war sie zunächst wütend auf Tony Takitani. Am Ende gelangte sie jedoch zu der Einsicht, dass es so wahrscheinlich am besten war. Die ganze Sache war von Anfang merkwürdig gewesen. Schade zwar um den Job, aber irgendwas würde sich schon finden.

Stück für Stück breitete sie die Kleidungsstücke aus Tony Takitanis Haus säuberlich aus und hängte sie in den Schrank. Die Schuhe verstaute sie im Schuhregal. Im Vergleich zu ihnen wirkten die eigenen Kleider und Schuhe entsetzlich schäbig, als wären sie aus einem anderen Stoff und aus der Materie einer anderen Dimension geschaffen. Nachdem sie die Bluse und den Rock, die sie zu dem Vorstellungsgespräch getragen hatte, ausgezogen und aufgehängt hatte, setzte sie sich in Blue Jeans und Sweatshirt auf den Boden und trank ein Bier aus dem Kühlschrank. Bei der Erinnerung an den Raum voller Kleider in Tony Takitanis Haus seufzte sie tief. Mannomann, dachte sie, dieses Zimmer war größer als meine ganze Wohnung. Es musste viel Zeit und Geld gekostet haben, all die Kleider auszusuchen und zu kaufen. Nun war die Frau tot. Und hatte ein ganzes Zimmer voller Kleider Größe 34 hinterlassen. Was für ein Gefühl es wohl war, so viele wundervolle Kleider zurückzulassen, wenn man starb?

Die Freunde der Frau wussten über ihre ärmliche Lage Bescheid und wunderten sich ziemlich, dass sie jedes Mal, wenn sie ihr begegneten, etwas Neues trug, dazu nur exquisite und teure Marken. Fragten die Freunde sie jedoch, wie in aller Welt sie an diese Sachen gekommen sei, erwiderte sie: »Ich darf es euch nicht erzählen, das habe ich versprochen.« Nachdrücklich schüttelte sie den Kopf. »Außerdem würdet ihr mir doch nicht glauben.«

Am Ende rief Tony Takitani einen Altkleiderhändler an, der ihm alles abnahm, was seine Frau hinterlassen hatte. Er bekam zwar keinen angemessenen Preis dafür, aber das war ihm egal. Er hätte dem Händler die Sachen auch umsonst überlassen. Solange er sie nur weit fortbrachte, irgendwohin, wo er sie nie mehr sehen musste. Das Zimmer ließ er lange Zeit leer stehen.

Hin und wieder ging er hinein, setzte sich auf den Boden und starrte für eine Stunde oder zwei reglos die Wand an. Ein Schatten des Schattens der Toten war noch da. Doch als die Monate und Jahre vergingen, konnte er sich immer weniger an die Dinge entsinnen, die einmal dort aufbewahrt worden waren. Unversehens war die Erinnerung an ihre Farben und ihren Duft erloschen.

Und sogar die lebhaften Gefühle, an die er sich einmal so sehr geklammert hatte, verschwanden, als zögen sie sich aus den Sphären seines Gedächtnisses zurück. Wie vom Wind zerstreuter Dunst, veränderten seine Erinnerungen immer wieder ihre Gestalt, und mit jeder Veränderung wurden sie ein bisschen dünner. Aus den Schatten der Schatten wurden wiederum Schatten. Greifbar geblieben war nur noch das Gefühl von Verlust, das die Dinge, die einstmals existiert hatten, zurückließen. Mitunter konnte er sich nicht einmal mehr richtig an das Gesicht seiner Frau erinnern. Hin und wieder fiel ihm allerdings die Fremde ein, die beim Anblick der Kleider seiner Frau in Tränen ausgebrochen war, ihr merkmalloses Gesicht und ihre abgetragenen Lackschuhe. Auch ihr stilles Schluchzen war ihm noch frisch im Gedächtnis. Eigentlich hatte er all dies gar nicht behalten wollen, und dennoch war es unbewusst in ihm lebendig geblieben. So vieles war völlig aus seinem Gedächtnis verschwunden, sogar der Name der Frau. Warum hatte er ausgerechnet diese Dinge nicht vergessen?

Zwei Jahre nach dem Tod von Tonys Frau starb Shozaburo Takitani an Leberkrebs. Er musste nicht lange leiden und verbrachte nur kurze Zeit im Krankenhaus. Der Tod kam so leicht zu ihm, als wäre er eingeschlafen. In dieser Hinsicht war er bis an sein Ende vom Schicksal gesegnet. Abgesehen von einer kleinen Summe Bargeld und ein paar Aktien hinterließ Shozaburo Takitani nichts, was man als Vermögen hätte bezeichnen können. Als Andenken blieben seinem Sohn die Posaune und eine große Sammlung alter Jazzplatten. Die Platten stellte Tony Takitani, so wie sie waren, noch in den Kartons der Umzugsfirma, in dem leeren Zimmer ab. Wegen des modrigen Geruchs, den sie verströmten, musste er dort regelmäßig die Fenster öffnen, um zu lüften. Ansonsten setzte er niemals einen Fuß in den Raum.

So verging ein Jahr, und es belastete ihn immer mehr, diesen Berg von Schallplatten in seinem Haus zu haben. Allein schon der Gedanke, dass sie da waren, nahm ihm gelegentlich den Atem. Dann wachte er mitten in der Nacht auf und konnte nicht mehr einschlafen. Seine Erinnerungen waren verblasst und lasteten dennoch mit ihrem ganzen Gewicht auf ihm.

Schließlich rief er einen Schallplattenhändler an und ließ sich einen Preis nennen. Wegen der vielen wertvollen Platten, die nicht mehr aufgelegt wurden, war er so hoch, dass man einen Kleinwagen hätte dafür kaufen können, doch das spielte für Tony Takitani keine Rolle.

Als die Schallplatten verschwunden waren, war Tony Takitani wirklich allein.

Das japanische Original der Erzählung erschien
erstmals 1996 unter dem Titel »Tony Takitani«
in der Story-Sammlung *Rekishinton no yūrei*
(Phantom of Lexington) bei Bungeishunju, Tokyo

Fotografien von Taishi Hirokawa

Erste Auflage 2005

Ausstattung, Gestaltung:
Groothuis, Lohfert, Consorten | glcons.de
Gesetzt aus der DTL Documenta und Antique Olive
Gedruckt auf säurefreiem und chlorfrei gebleichtem Papier
Druck und Verarbeitung: B.o.s.s Druck und Medien GmbH, Kleve
Printed in Germany

ISBN 3-8321-7935-6